詩集

まぼろし

門林岩雄

竹林館

門林岩雄詩集　まぼろし

目次

Ⅰ 短詩

雲（令和六年三月） 10
奈良公園（令和六年三月） 10
春（令和六年三月） 10
花の頃（令和六年三月） 10
春の水（令和六年四月） 11
花びら（令和六年四月） 11
腰（令和六年三月） 11
風との対話（令和六年四月） 12
村の春（令和六年四月） 12
はるのみち（令和六年四月） 12
日光浴（令和六年五月） 12
小さい花（令和六年六月） 13
探しもの（令和六年六月） 13
芝生（令和六年六月） 13
ネムの花（令和六年六月） 13
人と社《やしろ》（令和六年六月） 14
ブラームス作曲
「交響曲第一番」（令和六年六月） 14
アリの見たもの（令和六年六月） 14
笹（令和六年六月） 15
人生（令和六年七月） 15
風（令和六年七月） 15
雷（令和六年七月） 15
灯台（令和六年七月） 16
無心（令和六年八月） 16
夏の夜（令和六年八月） 16
不眠（令和六年八月） 16
わが人生（令和六年八月） 17
女（令和六年八月） 17
励まし（令和六年九月） 17
ロウソク（令和六年九月） 18

陸橋の蜘蛛《くも》（令和六年九月） 18
赤トンボ（令和六年九月） 18
わが生（令和六年九月） 18
曼珠沙華《まんじゆしやげ》（令和六年九月） 19
高嶺《たかね》の花（令和六年九月） 19
判決（令和六年九月） 19
旅（令和六年十月） 20
二人の道（令和六年十月） 20
島（令和六年十月） 20
秋の空（令和六年十月） 20
秋のススキ（令和六年十月） 21
社《やしろ》の木（令和六年十月） 21
秋（令和六年十月） 21
木と蔦《つた》（令和六年十月） 21
嘘《うそ》（令和六年十月） 22
飛翔《ひしよう》（令和六年十月） 22
行路（令和六年十月） 22
晩秋の夕べ（令和六年十一月） 23
人（令和五年十一月） 23
蔦《つた》（令和五年十一月） 23
寸言（令和五年十一月） 23
こころ（令和六年一月） 24
月（令和六年一月） 24
冬（令和六年一月） 24
冬の夜（令和六年一月） 25
別れ（令和六年一月） 25
警告（令和六年一月） 25
道連れ（令和六年二月） 26
林の中（令和六年二月） 26
ドングリ（令和六年二月） 26
咲き始め（令和六年二月） 26
梅の花（令和六年二月） 27
咲き終わり（令和六年二月） 27
流れ（令和六年二月） 27
願い（令和六年二月） 27
宝（令和五年十一月） 28
いのち（令和六年九月） 28

Ⅱ 人生

ツユクサ（令和六年九月） 30
ゆめ（令和六年五月） 31
卒寿祝い（令和六年三月） 32
奇跡（令和六年一月） 32
無鉄砲（令和六年十月） 33
この秋（令和六年十月） 33
親しき友、
浮田義一郎先生に（令和五年十月） 34
つながり（令和六年一月） 36
秋篠寺（令和六年一月） 37
タコとおれ（令和六年一月） 38
サツマイモ（令和六年七月） 38
影（令和六年九月） 39
桃が谷（令和六年四月） 40
苦しかった頃（令和六年三月） 43
白昼夢（令和六年二月） 46
一本の木（令和六年四月） 47
夢想（令和六年三月） 48

Ⅲ　水族館ほか

水族館（令和六年十月）　50
エイ（令和六年二月）　50
ヒトデ（令和六年七月）　51
チンアナゴ（令和六年二月）　51
チョウチョウウオ（令和六年五月）　52
電気ナマズ（令和六年十月）　52
タコの嘆き（令和五年十二月）　53
新米の蜘蛛《くも》（令和六年九月）　56
カカトアルキ（令和六年十月）　56
驚異（令和五年十二月）　57
蜘蛛《くも》（令和六年八月）　58
変容（令和六年七月）　59
カピバラ（令和六年九月）　64
大型ウサギ（令和六年八月）　65
眼鏡猿（令和六年七月）　66
隙（令和六年三月）　66
ウーパールーパー（令和六年五月）　67
カメレオン（令和六年七月）　68
適応（令和六年七月）　68
横取り（令和六年七月）　69
転生（令和六年三月）　70
伝説（令和六年十月）　71
ガタロ（令和六年七月）　72
不変（令和五年七月）　72
変質（令和六年三月）　73
アリ（令和六年九月）　74
蝶と釣鐘（令和六年六月）　74
ミミズ（令和六年八月）　75
狐（令和六年七月）　76
狐の胃袋（令和六年八月）　77
地球外生物（令和六年四月）　80

Ⅳ 物語詩

天上（令和五年十二月） 86
まぼろし（令和六年五月） 94

Ⅴ 狂句集

薬師寺の（令和五年十一月） 102
錦繍《きんしゅう》の（令和五年十一月） 102
散りぎわに（令和五年十一月） 102
シジミ蝶（令和六年十月） 103
タコの雲（令和六年九月） 103
師や友の（令和六年一月） 103
舞い上がり（令和六年一月） 104
東屋で（令和六年九月） 104
こんにゃくを（令和六年九月） 104
憂きことを（令和六年九月） 105
あかんたれ（令和六年一月） 105

あとがき 107

著者略歴 111

カバー写真　尾崎まこと

詩集

まぼろし

Ⅰ 短詩

雲

雲は遊び人《にん》
あちらこちらと
夢をまく

奈良公園

鹿は月夜の草を食《は》む
そこへ花びら散っていく

春

花吹雪舞う中
歩いて行った
ただあてもなく
歩いて行った

花の頃

桜の下に
ボケが咲く
顧みられる
こともなく

春の水

花筏《はないかだ》
水草と出会い
お話に夢中

花びら

花びらと
花びらが
競い合い
小川に
落ちた

腰

腰を下ろすと
見える
飛ぶ鳥
動く電車
歩く人

風との対話

「花が散る
おれたちも散るのか
どこへ行く？」
「ソンナモン知ラン」

村の春

村の水路を
花が行く
家の石垣
眺めつつ

はるのみち

はしるおとこの
せなかに
かたに
はなびら
はなびら

日光浴

西洋タンポポ寝そべって
柵《さく》から身を出し
日を浴びる

小さい花

梅の隣の
ユキヤナギ
咲きだした
間に草を
いっぱい生やし

探しもの

青空のどこか
虹がいるはずだ
きっといる

芝生

踏まれても
踏まれても
芝生は伸びる

ネムの花

ネムの花
美人の睫毛《まつげ》
過ぎし日の
楽しかりしこと
よみがえる

人と社《やしろ》

木をあがめ
日をあがめ
社を建てる

ブラームス作曲
「交響曲第一番」

死など恐れるな
おれを見ろ
道は開ける
この通り

アリの見たもの

アリが砂山
登って行った
こけつまろびつ
登って行った
そして見た
広い海
高い空

笹

笹は隠す
知られたくない
林の秘密

人生

人生の途上
倒れて踏まれ
起き上がれず
空を見る

風

風は走る
野を山を
ときおり寄り道
若い女の髪撫《な》でに

雷

雷は
暑さにまいり
雲の上で昼寝
近頃雨ガフランナア

灯台

灯台の孤独
それを知るのは雲だけだ

無心

夏の夜
寺の中を歩いていると
読《ど》経《きよう》の声が聞こえる
近づいて見ると
若い僧が
無心にお経を読んでいる

夏の夜

風がなめる
おれの足
くすぐったくて
眠れない

不眠

眠れない
襟首つかんで
はなさない
暑さのせいだ

わが人生

ようけ落ちたなあ
志望校落ち
教授選に落ち
詩の賞に落ち
それでもこりずに
詩を書いて……
われながら
呆《あき》れるよ

女

女は人を惑わせる
人生を狂わせる
おれもそれに乗り
このざまよ
悔いが残る

励まし

そうへこまずに
空を見て！
満月よ

ロウソク

ロウソクは
揺れながら
あたりを照らす

陸橋の蜘蛛《くも》

豚まんのかけら
蜘蛛にやる
いつも詩の材料を
くれる蜘蛛に

赤トンボ

赤トンボ舞う
花野の上を……
日が西に傾くと
赤トンボ
夕陽に光る

わが生

ナメクジよりも
動きは速い
雲泥の差だよ

曼珠沙華《まんじゆしやげ》

白い花
蕾《つぼみ》も混じる
曼珠沙華
畦《あぜ》をいろどる

高嶺《たかね》の花

高嶺の花は
届かない
だから余計に
輝いて見える

判決

「死刑ジャ！
刑ノ執行ハ未定
電気椅子ガイイカ？
シバリ首ガイイカ？」
「どちらも嫌でございます」
「タダシ刑ノ執行ハ未定
ソレマデハ
オ情ケデ生カシテヤル」
「ありがたき幸せ」

旅

人生は旅
探し求める旅
たいていは
目的果たせず
あきらめる

二人の道

高校生二人
キンモクセイの
道をゆく

島

二つの島が
並んでる
だが近づけない
風が仲立ち
するだけだ

秋の空

大空を
真っ二つに切り裂いていく
飛行雲

秋のススキ

枯れススキ
初穂のススキ
共に立つ

社《やしろ》の木

社の中の
松の木は
根本で曲がり
途中で曲がり
上は真っ直ぐ

秋

こぶら返りをよくするよ
トシダナア！

木と蔦《つた》

葉を落とした木
蔦に絡まれ
弱ってる

嘘《うそ》

「嘘を言うと
閻魔大王《えんまだいおう》に舌を抜かれるぞ」
男は手真似で
役人に紙と鉛筆貰い
モウヌカレテアリマセン
ドウシタライイデショウ？
「そんなもん知るか
医者にでも行け！」

飛翔《ひしょう》

羽ばたこうとして出来ず
木は雲に笑われる

行路

分からないから
面白い
分かっていれば
興ざめだ

晩秋の夕べ

雨の中
枯れ葉旅立つ
ひっそりと

人

人は天めざす
落ちても
落ちても
天めざす

蔦《つた》

蔦は伸びる
先へ先へと伸びていく
その形見事
紅葉すると
さらに鮮やか

寸言

人はひとにひかれ
みなひとにひかれ

こころ

こころはゆれる
ぐらぐらゆれる
難局に直面した時

月

月が見ている
この星の出来事を
さまざまに姿を変えて
月は見ている

冬

丘の上
昂然《こうぜん》と立つ
銀杏《いちょう》の木
天を仰いで
なに思う?

冬の夜

枯れすすき
誰を呼んでる?
こんな夜更けに

別れ

あの人も
この人も
足を引きずり
遠ざかる

警告

入って来ないで!
夢の中へ……
これはわたしの楽しみよ
好きに振る舞い
自由に遊ぶ
何ものにも縛られず……
だから邪魔せずに
そっとして!

道連れ

わたしを連れていかないで！
あの世へなんて
とんでもないわ
まだまだこの世で
楽しみたいの

林の中

大木の蔭で
苔は生き生き
ドングリを眠らせて

ドングリ

月のない夜
ドングリむっくり起き上がり
そろりそろりと
動き出す

咲き始め

紅梅は灯
まだ寒い日も
見ると気が晴れる

梅の花

花三つ
つけた紅梅
向かいはどれも
満開だ

咲き終わり

紅梅の花
次々と散り
残る花
震え止まらず

流れ

流れ
流され
あてもなく
行方も知らず
流れゆく

願い

この世の隙間から
外へ出よう
うんと体を細くして

宝

いちにちがたから
ひのひかりあび
かぜになでられ
ひととあう

いのち

かわき
もとめ
みたす
そのためにつとめ
それをくりかえし

Ⅱ 人生

ツユクサ

ツユクサ
青紫の花
控えめで
あでやか
予備校の行き帰り
慰められた

ゆめ

今度はあそこ
島根大学受けよう
宍道湖《しんじこ》の周り
散歩は楽しい
冬には雪が
降るけれど

卒寿祝い

兄弟《はらから》が卒寿祝いをしてくれた
河津桜の咲く夕べ

奇跡

病弱のおれが
九十年も生きられた
これは奇跡
大儲《おおもう》け

無鉄砲

生まれついての
無鉄砲
失敗重ね
ましにはなった

この秋

母と二人いるような秋
柿、栗、芋を食べる

親しき友、浮田義一郎先生に

君と二人で永源寺へ行った
君の車に乗せてもらって……
そこはもみじの名所
紅葉《こうよう》を堪能した
君は大学院の一年先輩
とても親しくしてくれた
君は優れた
そして熱心な臨床家
外来が終わったあと
「これから一回りしてくる」
と受け持ち患者を診に行った

君は長らく公立病院の院長を勤め
そのあと開業
何ものにもたじろがぬ姿勢
そんな君に
おれはすっかり惚《ほ》れこんだ
きみの存在は
おれの心の支えだった
その君が
こんなに早く逝くとは！
これからおれはどうすりゃいいんだ
ああ！

令和五年二月四日　浮田義一郎先生永眠　享年九十二歳

つながり

人は立ち
自分の肩に他の人を乗せ
乗せられた人も
同じようにし……
こうして人は
つながっている

秋篠寺

「雨で階段
　滑りますから」
と言って
手を取ってくれた娘さん
その手のなんと柔らかい！

タコとおれ

タコは狭い所を好む
おれもそう
パソコンとベッドの
狭い所で暮らす
タコはタコ壺《つぼ》でやられる
おれは酸欠

サツマイモ

何か月も
テーブルの上に

置き忘れていた
サツマイモ
包みを解くと
芽が生えている
数本も……
たくましい生命力！

影

目の前よぎる
黒い影
あの世の父かも
知れないな

桃が谷

体が小さく
自転車に乗れないおれは
鳳中学（現在の鳳高校）まで
歩いて通った
「おれが近道を教えてやる」
と父は六キロの道を一緒に歩いてくれた
丘陵地帯の坂を登ったり
下りたりしながら行く
松林の中に
十数軒別荘が立っている
それを横目に見て
坂を下る

中学までの道のりの
ほぼ半分の所に
桃が谷という十四、五軒の村がある
坂を下りて村に入ると
いつも静まり返っていて
滅多に人に会わなかった
両側の斜面に
桃の木がたくさん植えてある
四月初め一面に花が咲き
それはそれは見事であった

二回目は父は自転車で来て
「この道を行け」と
帰ってしまった

「小さなおまえが
ススキに見え隠れしながら
行くのを見ると涙が出た」
とのちに父は述懐した

苦しかった頃

母校の教授選に落ち
民間病院に就職した
そこの職員にヴィールス性肝炎の保菌者がいた
感染し体はだるい
検査値は一向によくならない
思い切ってそこを辞め
開業した
診察は週四回
できるだけ安静を心掛けた
軌道に乗るまで週一回
石津元康先生の有馬病院に
パートタイマーとして働かせてもらった

午後散歩
散歩しながら
俳句を作った
これが良かった
どうしても
自分の不運を嘆く
気が滅入る
句作には自然観察と
物事を客観的に見る目が必要
そしてどうすれば
俳句になるか考える
すると自分の
境遇を忘れる
もちろん散歩には
食料品持参

疲れたら休み
飲んだり食べたり
近医に行き点滴治療も欠かさず
徐々に回復してきた
具合の悪い時は
物事の暗い面ばかり見ていたが
明るい面も見れるようになった
やがて親友の曾山浩吉君（のち浜田と改姓）が
肝癌《かんがん》で他界
詩を書き出した

白昼夢

おーい
来てくれ
大きなワニが風呂場にいる
口を開けて
噛《か》みに来る
助けてくれ！

一本の木

丘の上の
一本の木よ
さみしかろう
近づくと楡《にれ》と分かる
おまえがいるといないでは
あたりの景色は全然違う
頑張ってくれ
これからも
よろしくな

夢想

光になり
きらきらと
流れていこう
川中を……
水草や
川底の
石と語り合い……

Ⅲ　水族館ほか

水族館

アシカの芸を見に行って
走って転び
服はびしょ濡《ぬ》れ

エイ

エイは大きい
小学生を魅了する
しかもその泳ぎの
なんと素晴らしい

ヒトデ

ヒトデは海底に住み
貝をこじ開け
身を食べる

チンアナゴ

砂から首出し
動物プランクトンを食べる
敵が来ると
砂に首引っ込める

チョウチョウウオ

チョウチョウウオの模様は綺麗《きれい》
見飽きることがない

電気ナマズ

エイの仲間
小魚を電気でショック死させて
食う

タコの嘆き

タコはひとりで考える
……近頃獲物が少ない
おれの好物のエビや蟹《かに》が
さっぱり手に入らなくなった
これもウツボのせいだ
やつは貪欲《どんよく》
飽きることがない
手当たり次第に食う
この前は
おれがやられた
急に跳びつかれ
足を一本食われた

その痛かったこと！
足はそのうち生えてくるからいいけれど……
ウミヘビは大きい
毒を持ってる
ウミヘビがウツボを丸呑みするのはよくある
沖縄にはウミヘビを食う料理がある
そんなことするから
ウツボがはびこる
と言って
沖縄の人に
ウミヘビを食うなとは
言えないしなあ……
そんなことすれば
おれが食われる
一番いいのは

沖縄を離れることだ
同じ行くなら
彼女を連れて行こう
彼女がおれば楽しいや

あーあ
彼女は行くとは言わん
女は頑固
言い出したらきかん
誰かに説得してもらおう
しかし彼女を
その男に取られたら
目も当てられん
ああ
どうすりゃいいんだ！

新米の蜘蛛《くも》

新米の蜘蛛は
誘蛾灯《ゆうがとう》から
離れた場所に
網を張るが
虫は全く寄りつかん

カカトアルキ

最近アフリカで見つかった
二センチ位の

小さな虫
羽がなく飛べない
カカトをつけて歩くだけ

驚異

世界最大のアリが
アフリカに……
サスライアリ、ディノハリアリ
女王アリは五センチ
百万のアリを束ねる

蜘蛛《くも》

誘蛾灯の下に
蜘蛛が二匹
一瞬絡み合ったが
小さい方は逃げていく
下手をすれば食べられる
大きい方は雌だろう
小さい方は雄に違いない

変容

一

おれは蛙《かえる》
天敵は蛇
おれは逃げるだけ
蛇がしゅるしゅると
草むらを忍び寄って来る
だから草むらを避け
水辺にいる
やつが来ると
水に飛び込む
やつも泳げるが

おれの方が速い
足に水かきがついている
泳ぐのは得意
素早く向こう岸に着くと
跳んで逃げる

二

おれはゴキブリ
嫌われもの
ドアの下を
苦も無くすり抜ける
人間はスリッパで踏みに来る
おれの方が素早い

人間は「ゴキブリホイホイ」を仕掛ける
そんなものにひっかかるほど馬鹿じゃない
人間は複雑にできすぎている
動きも遅い
おれはとっさに人間の反対に逃げる
おれの回復力は伊達じゃない
踏まれても
叩かれても
しばらくすれば元通り
ひとつ言えることは
人類が滅んでも
おれたちは生き残る

三

僕は鈴虫
羽をすり合わせ
綺麗《きれい》な音を出し
雌を呼ぶ
雌がなかなか来ないので
やり続ける
運悪く人間に捕まって
籠《かご》に入れられる
相手に出会う機会もない
なんと切ない！

四

おれはコウモリ
皮膜があり飛べる
洞窟に住み
夕方になると
洞窟を出て
飛んでいる虫を食う
哺乳類《ほにゅうるい》であることを
お忘れなく

カピバラ

大きなネズミ
カピバラ
小さな耳
でかい鼻

普段は陸の
草を食べるが
敵が来れば
さっと退散
水の中

大型ウサギ

昔地中海のメノルカ島に
大型ウサギがいた
体長八十センチ、体重十二キロ
耳は小さく
手足は短く
背骨は柔軟性に欠け、鈍重
大型の捕食者がいなかったため
生き延びた

眼鏡猿

体の割に目が大きいメガネザル
小さくて敏捷《びんしょう》
体長十センチ、体重百グラム
近くの昆虫
飛びついて食べる

隙

モグラは地下五十センチの
トンネルで暮らす

時々トンネルの土を外に出す
それを見ていたフクロウは舞い降りて捕獲

ウーパールーパー

山椒魚《さんしょううお》の仲間
それにしては小さい
メキシコ産
夜行性、肉食
昆虫、イトミミズ、蟹《かに》、金魚などを食べる

カメレオン

目は四方に動く
獲物の昆虫に狙いを定めると
舌を伸ばし
巻き付けて捉《とら》える

適応

マダガスカルには
世界最小のカメレオン
食べ物が少ないので
小さくなって生き延びた

横取り

ミサゴは魚を獲るのがうまい
それほどうまくないワシやタカが
ミサゴの魚を狙う
カラスも複数でやって来る
ミサゴは獲物を持って逃げる

註　ミサゴ　タカの一種

転生

「生まれ変わったら
龍《りゆう》になりたい」

「ソレハムリ」

「じゃあ大蛇は？」

「ソレモムリ」

「じゃあ何に？」

「カエルダヨ
ヒキガエルジャナク
アマガエル」

「なんと！」

「カワイイジャナイ？

チイサクテ」

伝説

村の池には
龍神《りゅうじん》が住む
池の水は
稲作に必要
稲刈りが終わると
池の水を抜く
龍神は天に昇る
池には亀《かめ》、スッポン、コイ、フナ、ナマズ、
ウナギ、カニ、エビなどが住む
龍神はそれらを守る

ガタロ

ガタロは蟹《かに》、エビ、
小魚を捕まえる
腹いっぱいになると
そろりそろりと動き出す

註　ガタロは河童の異称

不変

古代魚、ガー
一億年姿を変えず
長い嘴《くちばし》で魚を捕らえる

変質

ヒマラヤで採れる
冬虫夏草
昆虫に寄生した菌類
昆虫はすでに死亡
漢方薬になる

アリ

アリは働く
悩まずに
アリは働く
憂えずに

蝶と釣鐘

蝶は釣鐘の
中に入り

中を見て回り
出て行った

ミミズ

ミミズは夏の夜
アスファルトの冷たさに酔い
夜が明けると
干からびる

狐

狐は川岸の
竹藪《たけやぶ》に住む
近づくと
金色の尾を
夕陽に光らせ
跳び去った

狐の胃袋

狐は腹いっぱい食べて
栗の木の下で居眠りしてる
胃袋の中で
食べられたものたちが
相談してる
蛙《かえる》、蛇、トカゲ、蟹《かに》、カマキリ、バッタなど

「なんとかして
　ここから出よう」
「賛成
　どうすればいい？」

「胃を思い切り
蹴《け》り上げる
そして噛《か》みつく」
「やってみよう
一、二の三」
蛙が言う
狐は胃が痛いので
飛び上がり
食べたものを吐き出す
「みんなで協力して
逃げられたんだから
これからも仲良くしよう」
蛙が言う
「そうだな」
蛇は同意する

しかし三月《みつき》も経たないうちに
蛇は蛙を追っかける

地球外生物

「この頃さかんに変な形の
円盤が飛んでる
乗ってるのは
目が三つある珍妙な顔
おたがいにしゃべってるが
なにを言ってるのかさっぱり分からん
地球外生物に違いない
とにかく逃げよう」
「おれは捕まった
行く先で待ってる」
「そうか
おれは逃げるよ」
「これからどうなる?」

「奴隷だろう」
「奴隷は最低
親が悲しむ」
「彼らに人情はない」
「おれは体力がない
運動苦手
料理も苦手
何やらされる？」
「下働きよ」
「どんなこと？」
「皿洗い
ネギを切ったり
キャベツをきざんだり」
「睡眠は？」
「死なん程度に取らせてくれる」

「体当たりしてやれ」
「それはいいかも
やつらは小柄
一メートルくらい」
「やつらは敏捷《びんしょう》
よってたかって取り押さえられ
牢屋《ろうや》に入れられた
牢屋では死なん程度のまずい飯
おれの嫌いなものばかり
麦飯、粟飯《あわめし》、鯖寿司《さばずし》」
「食わんと死ぬぞ」
「分かってる」
「おとなしくしてれば
そのうち出してくれる
そしてまた奴隷生活」

「またか」
「そうよ」
「あーあ
おれもついてない」
「諦《あきら》めるんだな
人間諦めが肝心というだろう？」

Ⅳ　物語詩

天上

天上の川
さらさらと水は流れる
女はひとり
湯浴みしている
岸に戻ると
衣がない
あたりを見回すと
高い木の枝に
見知らぬ男が
衣を抱えて腰掛けている
「衣を返して！」
「僕の言う通りにして下されば
　衣はお返しします」
「言う通りとは？」

「あなたは実に美しい
僕と夫婦《めおと》になってくれませんか？
お願いします」
やむなく女は
男の言う通りになった
男は女を慈しみ
女もそれに応えた
やがて女は
玉のような
男の子を産んだ

その子が三歳になった頃
女が湖を一回りして帰って来ると
子どもがいない
見ると高い木の枝に

見知らぬ男が
子どもを抱いて腰掛けている
「子どもを返して！
それはわたしの子よ」
「僕の言う通りにして下されば
この子はお返しします」
「言う通りとは？」
「あなたは実に神秘的
こんな美人は見たことがない
あなたが僕と夫婦になって下されば
どんなに嬉《うれ》しいか
是非僕と一緒になって下さい
お願いします」
男は子どもを女の方に押しやり
女の足元にひざまずいた

女は男の言うようにするより
仕方なかった

前の男が湯浴みから帰って来ると
女はいない
子どももいない
必死に探し
女が別の男と暮らしているのを
突き止めた
「ああ!
　なんたることよ」
気落ちした男は
崖《がけ》の上から
飛び降り自殺

新しい男は
女をとても大事にした
女も徐々に打ち解け
心を開いた
そのうち二人は
女そっくりの可愛い子を授かった
二人は大喜び
男は男の子も
今度生まれた女の子も
分け隔てなくかわいがった

月日が流れ
男の子は逞《たくま》しい若者に
女の子は美しい娘になった

ある日嵐が来て
子どもは二人ともいなくなった
男も女も
狂ったように探したが
見つからない
「風がさらって行ったんでしょうね　きっと」
「そうかも知れないわ」

天上の川
さらさらと水は流れる
岸辺には色とりどりの花が咲き
鳥が鳴き交う

Ⅳ

まぼろし

岩魚《いわな》釣りをして
男は渓流をさかのぼった
滝の下で
美しい娘が湯浴みしている
やがて娘は
湯浴みを終えると
服を着た
男はおずおずと進み出て
「あなたは実に美しい
僕と夫婦になってくれませんか」
と口ごもりながら言った
「母の許しがあればいいわ」
「それではこれから
お母さんに会いに行きましょう」

しばらく行くと
小さな家がある
裏手に畑がある
「なるほど
　ここで暮らしているんだな
　ごめんください」

男が戸を開けると
水もしたたるいい女が座っている
「ぼくはマタギの熊吉と申します
岩魚釣りをしていて
お嬢さんに出会いました
お嬢さんは実に美しい
僕のお嫁さんに頂けませんか」
「よろしいわ

かわいがったげて」
「本当ですか」
「ですとも」
「ああ嬉《うれ》しい」
男は娘の手を取って
家に連れて帰り
両親に引き合わせた
そして離れの自分の部屋に招いて
「ここで暮らすことになる」
と言った
娘はうなずく
事が終わると
「わたし帰るわ」
「じゃあ　送って行こう」
「それには及ばないわ」

次の日も
また次の日も
娘は来た
母親が来ることもあった
「……ああ　なんたる幸運！」

そのうちに
二人はぱったり来なくなった
二人の家に行ってみると
人気《ひとけ》がない
……あの二人は山姥《やまうば》と
その娘だったにない
山姥は身ごもると
男から遠ざかると

聞いたことがある
いや
これはまぼろしか
幻なら
なんと素晴らしい
幻よ……

V 狂句集

薬師寺の
東塔よぎる鳥の影

錦繍《きんしゅう》の
中を黄色い蝶ひとつ

散りぎわに
ひときわ燃ゆるもみじかな

シジミ蝶
行ったり来たり何悩む？

タコの雲
南の空に立ち上がる

師や友の
去りゆく日々の冬の空

舞い上がり
枯れ葉かけっこからからと

東屋で
雲に見とれて
蚊に刺され

こんにゃくを
叩きのめして
憂さ晴らし

憂きことを
さらりと流し
タコ踊り

あかんたれ
嫁に叱られ
とぼとぼと

あとがき

四十歳で俳句を始め、
五十歳で詩を書き始めました。
九十歳になりましたが、
大した詩を書けてないのを恥ずかしく思います。

「灌木」同人の方には長らくお世話になりました。
中原道夫先生、中村不二夫先生には
いつもお世話になっています。

パソコン入力には長男雄基、三女薫の助力を得ました。
本詩集の出版には竹林館主、左子真由美さん、
およびスタッフの方のお世話になりました。
ここに記して感謝の意を表します。

令和七年一月

門林岩雄

著者略歴

門林岩雄（かどばやし・いわお）

昭和 9 (1934) 年生まれ。大阪府和泉市出身。
京都府立医科大学卒。精神科医。
40 歳から俳句を始め、教授選に落ち、開業しながら、
詩を書き続ける。

詩集『亀』（近代文藝社）
詩集『鶴』（海風社）
詩集『湖』（近代文藝社）
詩集『海の琴』（竹林館）
詩集『風変わりな船に乗って』（竹林館）
詩集『島の伝説』（竹林館）
詩集『やぶにらみ動物記』（竹林館）
詩集『火の鳥』（竹林館）
詩集『泉のほとり』（マント社）
詩集『仙人の夕餉』（マント社）
詩集『城』（マント社）
詩集『道しるべ』（土曜美術社出版販売）
詩集『面影』（土曜美術社出版販売）
詩集『梅園』（土曜美術社出版販売）
詩集『花の下』（北溟社）
詩集『ひぐらし』（土曜美術社出版販売）
詩集『こがらし』（土曜美術社出版販売）
詩集『米寿の朝』（竹林館）
新・日本現代詩文庫 63『門林岩雄詩集』（土曜美術社出版販売）

日本詩人クラブ功労賞
日本詩人クラブ、日本ペンクラブ、関西詩人協会、各会員

現住所　〒 619-0223　木津川市相楽台 5-2-3

門林岩雄詩集　まぼろし

二〇二五年3月20日　第1刷発行
著　者　門林岩雄
発行人　左子真由美
発行所　㈱竹林館
〒530-0044
大阪市北区東天満2-9-4　千代田ビル東館7階FG
Tel　06-4801-6111　Fax　06-4801-6112
郵便振替　00980-9-44593
URL http://www.chikurinkan.co.jp
印刷・製本　モリモト印刷株式会社
〒162-0813
東京都新宿区東五軒町3-19

ISBN978-4-86000-538-2　C0092
定価はカバーに表示しています。
落丁・乱丁はお取り替えいたします。